5 Novembre

Allez, les champions !

Pour Anaë, une histoire à partager avec sa maman Sandra.
M.

www.editionsflammarion.com

Éditions Flammarion – 87, quai Panhard-et-Levassor, 75647 Paris Cedex 13
ISBN : 978-2-0813-0661-5 – N° d'édition : L.01EJEN001071.C005
Dépôt légal : juin 2014
Imprimé en Espagne par Liberdúplex – août 2016
Loi n° 49-956 du 16 juillet 1949 sur les publications destinées à la jeunesse.

Allez, les champions !

Texte de
Magdalena

Illustrations
d'**Emmanuel Ristord**

Castor Poche

Maître Luc attend les élèves et leurs parents sur le terrain de sport.
« Vous n'avez pas oublié qu'aujourd'hui, c'est le grand tournoi de sport ? demande Maître Luc.
– Comment oublier ? répond Basil.
On s'entraîne presque tous les jours depuis un mois !
– Tu as vu le super jogging du maître ? chuchote Ana.
– Trop beau ! » dit Léa.

« On va commencer par s'échauffer, annonce Maître Luc, qui montre l'exemple. Allez : pas chassés sur le côté, à droite, à gauche.
En avant, en arrière.
Maintenant, on part en petites foulées et on monte les genoux. Ensuite, on touche ses fesses avec les talons.
On s'arrête.
On s'étire.
En haut, très haut, les mains touchent le ciel.
En bas, tout en bas, les mains touchent le sol.

– C'est dur, je n'y arrive pas, ça change trop vite », soupire Réda qui a la tête en haut quand les autres ont la tête en bas.

« Et pour finir, une petite foulée autour du stade », dit Maître Luc.
Les élèves courent en bavardant, sans dépasser Maître Luc.
« Chut ! On inspire, on expire, mais on ne parle pas en courant ! » rappelle Maître Luc.

Après l'échauffement, ils s'assoient
sur l'herbe.
« Et maintenant, on chante tous ensemble :
On est des champions, on est des champions !
On va gagner comme des lions !
Allez, mes champions ! encourage Maître Luc.
Vous vous êtes bien entraînés, on se prépare
à la grande course depuis des semaines.
Quoi qu'il arrive, je suis fier de vous,
gagnants ou perdants ! »

Maîtresse Julie les rejoint en voiture.
Elle est bien chargée.
Elle apporte la trousse à pharmacie,
les bouteilles d'eau, les sacs du goûter
et les maillots rouges pour le tournoi.

En arrivant, elle va dire bonjour à tous
les parents de ses anciens élèves et
aux enseignants des autres classes de CE1.

C'est bientôt l'heure du départ.
Les enfants enfilent un maillot rouge
par-dessus leurs vêtements.
Les hauts ont tous la même taille.
« Il est trop grand pour moi ! dit Mia.
– Mais un peu petit pour moi ! dit Basil.
– On vous verra de loin, comme ça »,
dit Maîtresse Julie qui rit en les regardant.

Sur le terrain de sport, deux autres équipes sont arrivées : les verts et les bleus.
Maître Luc explique de nouveau la règle à ses élèves :
« C'est l'équipe qui fera le plus de tours sans s'arrêter qui gagnera. »

Le directeur de l'école primaire Pasteur fait un discours et rappelle aux parents que, chaque année, les deux écoles de la ville réunissent tous les CE1 pour cette course.
Il finit en disant :
« Top départ ! »

L'équipe verte part comme une flèche, mais au bout d'un tour, la moitié des élèves se sont arrêtés de courir, ils ont un point de côté.
« Ils ne gagneront pas, c'est fichu », dit Maître Luc.

4
5
6

L'équipe bleue a un bon rythme.
L'équipe rouge, celle de Maître Luc,
est aussi forte que l'équipe bleue.
L'équipe jaune a du mal à suivre,
car les élèves sont arrivés en retard
et n'ont pas eu le temps de bien s'échauffer.

Sur le bord de la piste, tous les parents encouragent les coureurs.
Ils crient :
« Allez, les rouges ! Allez, les bleus !
Allez, les verts ! Allez, les jaunes ! »

Sur le dernier tour, Fatou et Selma faiblissent et veulent abandonner. Heureusement, Maîtresse Julie les encourage :
« Allez, les filles ! Vous êtes presque arrivées ! Ce serait dommage d'arrêter si près du but. »
Et elle court les derniers mètres avec les deux filles.

À l'arrivée, deux équipes sont à égalité :
les rouges et les bleus.
Elles ont fait le même nombre de tours.
« Les gagnants sont les rouges et les bleus
ex æquo ! dit le directeur de l'école Pasteur.
Mais comme il n'y a qu'une coupe,
on refera un jeu collectif tout à l'heure
pour la gagner ! »

« Vous avez bien mérité une pause,
dit Maître Luc à sa classe.
– C'est l'heure du goûter, youpi ! crient Noé
et ses sœurs.
– On peut manger avec les autres équipes ?
demande Tim.
– Bien sûr », dit Maître Luc.
Toutes les équipes se mélangent le temps
de la pause.

Après le goûter, les quatre équipes jouent au ballon.
Les rouges et les bleus font une grande balle aux prisonniers pour remporter la coupe.
Et les rouges gagnent, grâce au point marqué par Fatou !

« Hip, hip, hip, hourra ! dit Maître Luc en levant fièrement le trophée au-dessus de sa tête.
– On est vraiment des champions ! » chante toute la classe, pendant que le papa de Samir les prend en photo.

Retrouve les histoires de **Je suis en CE1** pour t'accompagner tout au long de l'année dans la maîtrise de la lecture autonome.

Déjà parus :

Premier jour de classe

À la bibliothèque

La photo de classe

Une dent perdue

Le potager de l'école

À paraître : *Au poney-club*